글 마도코로 히사코

1938년에 도쿄에서 태어나 도립 스미다가와 고등학교를 졸업하고 오차노미즈 중앙미술학교에서 공부했습니다. 한때 극단에 들어가서 연극배우를 꿈꾸기도 했지만 오랜 세월 동화 작가로 활동하고 있습니다. 어린이에게 꿈과 희망을 심어 주고 사랑과 우정을 일깨우는 따뜻한 내용의 동화를 많이 발표했습니다. 시와 동화로 제1회 일본 동화 모임상을, 시집 『산이 가까운 날』로 제13회 노마 아동 문예상 추천 작품상을 받았습니다. 지은 책으로 『리코는 엄마』, 『도토리 숲의 지로 오빠』, 『짝짝 슬리퍼』, 『비밀로 해줘』 등이 있습니다.

그림 나카가와 미치코

1948년에 도쿄에서 태어나 호세이 대학교 문학부 지리학과에서 공부했습니다. 어릴 때부터 만화를 좋아했고 학창 시절 만화 연구 모임에 들어가 주간지 등에 만화를 투고하기도 했습니다. 지금은 주로 어린이부터 고등학생이 즐겨 보는 잡지에 삽화나 만화를 그리고 있습니다. 종이 연극 『괴수 도도라 돗토코』, 『올챙이 백한 마리』, 『장난꾸러기 도깨비』 등의 작품이 있습니다.

옮김 안소현

중앙대학교 일본어학과를 졸업한 일본어 전문 번역가입니다. 한 줌의 재가 되기 전까지 좋은 책을 아름다운 우리말로 바르게 번역하고 싶은 꿈이 있습니다. 옮긴 책으로 『돼지 너구리』 시리즈, 『비타민 우뇌 IQ』, 『언젠가 함께 파리에 가자』, 『아카시아』, 『루비앙의 비밀』, 『왕국은 별하늘 아래』, 『소세키 선생의 사건일지』, 『물방울』, 『샤라쿠 살인 사건』, 『인간 실격』, 『우리 동네 이발소』, 『조금 특이한 아이, 있습니다』, 『사랑한다는 것』 등이 있습니다.

열 마리 개구리의 여름 축제

마도코로 히사코 글 | 나카가와 미치코 그림 | 안소현 옮김

조롱박 연못에 여름이 다가옵니다. 연못에 사는 개구리들은
일 년에 한 번 있는 축제 준비로 눈코 뜰 새 없이 바쁩니다.
사이좋은 열 마리 개구리도, 개골개골 개굴개굴.
활기차게 개구리 춤을 연습하느라 정신이 없습니다.
열 마리 개구리가 태어나서 처음으로 맞이하는 여름 축제니까요.
"아아, 연습할 때 물 북으로 장단을 딱딱 맞춰 주는
미꾸라지 할아버지가 계시면 좋을 텐데……."

할아버지 개구리가
한숨을 푹 쉬며 말했습니다.
"미꾸라지 할아버지가 맞춰 주는 장단은
축제에서 빠질 수 없는 명물이었지.
하지만 할아버지는 작년 가을에
장난꾸러기 꼬마에게 잡혀 갔잖니⋯⋯."

"미꾸라지 할아버지라면
네모난 콘크리트 연못에 계세요!"
"맞아요. 저희가 잘 알고 있어요!"
열 마리 개구리가 외쳤습니다.

이 열 마리 개구리도
올챙이 시절에
장난꾸러기 꼬마에게 잡혀 갔었지만
개구리가 되고 나서
조롱박 연못으로 도망쳐 왔답니다.

"좋아, 다들 미꾸라지 할아버지를
구하러 가자!"
"찬성, 찬성! 빨리 가자!"

"그럼, 출발!"
개굴 개굴 개굴!
열 마리 개구리는 절벽을 타고
냇둑으로 올라갔어요.
"잘 부탁한다. 기다리마."
"가재와 뱀을 조심하렴."

열 마리 개구리는 가재가 있는
냇가에서 폴짝, 폴짝, 폴짝.

"가재는 물속에서 허우적 허우적."
"개구리는 냇가에서 포올짝 포올짝."
"야아, 야, 야, 메에롱."

열 마리 개구리는 언덕을 넘어
숲 속에서 **폴짝, 폴짝, 폴짝.**
"꺄악, 뱀이다!"
화들짝 개구리는 당황해서 어쩔 줄 모릅니다.
"진정해, 진정해. 잘 봐. 낡은 밧줄이잖아."
"아아, 깜짝 놀랐어.
심장이 덜컥 내려앉는 줄 알았어."

열 마리 개구리는 폴짝, **폴짝, 폴짝, 폴짝,**
장난꾸러기 꼬마 집으로 찾아 갔습니다.
"여기다, 여기야. 확실히 기억이 나."
"쉬잇, 서둘러, 서둘러."
"장난꾸러기 꼬마한테 들키지 않도록 조심해."

"미꾸라지 할아버지, 저희 기억하세요?"

"할아버지를 모시러 왔어요. 함께 조롱박 연못으로 돌아가요."

"이제 곧 축제예요.

할아버지의 장단이 없으면 개구리 춤도 못 추잖아요."

"오오…… 이게 설마 꿈은 아니겠지?"

미꾸라지 할아버지는 눈물을 펑펑 흘리며 기뻐합니다.

"그런데…… 너희는 연못 바깥으로 나가도 괜찮지만……
나는 물이 없으면 안 된단다. 조롱박 연못으로 돌아가는 것은
아무래도 꿈이란다, 꿈."
"아아, 그렇군요……. 연못을 통째로 짊어지고 갈 수도 없고……."

이때 똑똑이 개구리가
좋은 생각을 해냈습니다.
"애들아, 다들 그렇게 풀 죽어 있지 마.
이걸로 어떻게든 되지 않을까?"
"우와, 과연 똑똑이 개구리야!"
"어떻게든 된다, 된다!"
개굴 개굴 개굴!

장난꾸러기 꼬마의 롤러스케이트랑
장난감 양동이로, 짜잔!
멋진 '미꾸라지 할아버지 운반차'를 만들었습니다.
"오오, 타 보니까 기분 좋구나."
"자, 가자!"

숲을 지나고 언덕을 넘어서—.
"자 끌어, 어서 밀어, 으샤."
"조롱박 연못으로, 영차."
"어서 밀어, 자 끌어, 으샤."
"힘내라, 힘내라. 영차."

조롱박 연못은 이제 엎어지면 코 닿을 데 있습니다.
"다들 피곤하지? 미안하구나.
여기서 잠깐 쉬었다 가는 게 어떻겠니?"
"그럼 그렇게 해요, 그렇게 해요."
"에구, 에구, 끙끙……."

"이런, 겁도 없이 내 꼬리에 앉아 있다니!"
"꺄악…… 뱀이다, 뱀이다아!"
"도망쳐, 도망쳐!"
개굴 개굴 개굴!

엉겁결에 모두 '미꾸라지 할아버지 운반차'에 올라탄 채
언덕을 쏜살같이 내려갑니다.

덜컹 덜컹, 덜컹 덜컹,
데굴데굴, 데굴데굴⋯⋯

"우와앗, 낭떠러지다아!"

첨벙, **첨벙, 처엄벙!**

낭떠러지에서 떨어진 충격으로
미꾸라지 할아버지는 눈이 팽팽 도는 것 같았지만,
다행히 다들 무사했답니다.

그리고 며칠이 흘렀습니다.
조롱박 연못에는 여름 축제가 한창입니다.
미꾸라지 할아버지의 장단에 맞춰
연못에는 개구리 노래가 울려 퍼집니다.
개굴개굴 개굴개굴 개굴개굴 개굴.
"조롱박 연못은 아주아주 좋은 곳.
자, 그럼 다들 폴짝 폴짝 뛰어와서
한바탕 개구리 춤을 춥시다."
개굴개굴 개굴개굴 개굴개굴 개굴.

2011년 12월 23일 초판 1쇄 펴냄 · 2016년 1월 8일 초판 3쇄 펴냄

펴낸곳 | ㈜ 꿈소담이 펴낸이 | 김숙희 글 | 마도코로 히사코 그림 | 나카가와 미치코 옮김 | 안소현
주소 | (우)02834 서울특별시 성북구 성북로8길 29
전화 | 747-8970 / 742-8902(편집) / 741-8971(영업) 팩스 | 762-8567 등록번호 | 제307-2002-53호(2002. 9. 3)
홈페이지 | www.dreamsodam.co.kr 블로그 | blog.naver.com/sodamjunior 카페 | cafe.naver.com/sodambooks
전자우편 | isodam@dreamsodam.co.kr

ISBN 978-89-5689-784-4 64830
978-89-5689-780-6 64830 (세트)